ESTE LIBRO
PERTENECE A

¿YA CONOCES A TODOS LOS MONSTRUOS?

APRENDE A LEER
- en la -
ESCUELA de MONSTRUOS

Ilustraciones de **CHRIS KENNETT**

SALLY RIPPIN
Adaptación de **MAR BENEGAS**

UNAS ROCAS MUY GRACIOSAS

montena

CUIDADO. NO ENTRES.
PELIGRO.
MEJOR NO ABRAS
ESTE LIBRO.

LA ESCUELA de MONSTRUOS
HA ABIERTO
SUS PUERTAS.

SI SALES CORRIENDO, ¡SEGURO QUE ACIERTAS!

YAGO TIENE MUCHAS COSAS ESPECIALES:

FÓSILES DE INSECTOS,
RAROS MINERALES.

YAGO LOS ESCONDE COMO UN GRAN TESORO,

PARA ÉL VALEN MÁS QUE UN COFRE DE ORO.

LOS GUARDA MUY BIEN, A NADIE SE LOS PRESTA:

—SON MUY BONITOS
—LE HA DICHO SU
MAESTRA.

—SIEMPRE ESTÁS SOLO, NUNCA JUEGAN CONTIGO,

¿NO ES MEJOR DIVERTIRTE CON TUS AMIGOS?

YAGO SIGUE AHÍ,
JUGANDO TRANQUILO,

HUGO SE ACERCA
CON MUCHO SIGILO.

—TIENES UN MONTÓN, ¡QUÉ BARBARIDAD!

¿ME DEJAS TOCARLAS?,
¿SON DE VERDAD?

TODOS SE ACERCAN
A VER QUÉ HACE YAGO,

¡QUÉ DIVERTIDO, PARECE QUE ES UN MAGO!

—QUÉ ROCAS TAN GENIALES —DICEN AL MOMENTO,

Y YAGO ENSEGUIDA SE PONE CONTENTO.

—¡CUIDADO!
—DICE HUGO, ABRIENDO LA BOCA,

PERO LLEGA TARDE...
¡SE ROMPIÓ UNA ROCA!

TODOS SE ASUSTAN,
HUGO ESTÁ LLORANDO,

PAMELA SE ACERCA:

—¿QUÉ ESTÁ PASANDO?

MIRAN A YAGO POR SI
SE HA ENFADADO,

EN VEZ DE
ENFADARSE
A HUGO HA
ABRAZADO.

LOS MONSTRUOS LE DICEN:

—MOLAS MOGOLLÓN.

BUSQUEMOS
MÁS ROCAS, SOMOS
UN MONTÓN.

AYUDA LA MÁS FUERTE.

AYUDA LA MÁS ALTA.

TODOS COLABORAN
Y NINGUNO FALTA.

ENCUENTRAN DE TODO,
PIEDRAS Y ROCAS,

HUESOS Y JARRAS, ¡¿DIENTES DE FOCAS?!

¡CUÁNTAS COSAS CHULAS!, PERO YA TE DIGO,

QUE EL MEJOR TESORO ES TENER AMIGOS.

APRENDE PALABRAS NUEVAS

VERDAD

ESPECIALES

MINERALES

PRESTA

TESORO

ORO

CONTIGO

MAESTRA

AMIGOS

BARBARIDAD

YAGO

BOCA

MAGO

ABRAZADO

SIGILO

MOMENTO

ACIERTAS

ALTA

CONTENTO

LLORANDO

FALTA

ROCAS

PASANDO

AMIGOS

TRANQUILO

MOGOLLÓN

ENFADADO

MONTÓN

FOCA

DIGO

CÓMO USAR ESTE LIBRO

¡Aprende a leer en la Escuela de Monstruos!

Uno de los mayores placeres de los pequeños lectores es escuchar leer en voz alta a los mayores. Leer y contar cuentos es la mejor forma para que asocien los libros con una experiencia divertida, y es un momento perfecto para que se familiaricen con el lenguaje y aprendan a leer.

TRUCOS Y RECURSOS PARA GUIAR Y MEJORAR LA LECTURA

- Es recomendable comentar juntos y hacerles preguntas sobre qué ven en las imágenes para ayudarles a complementar la historia.
- Según avanzamos en la lectura, podemos ir siguiendo el texto con el dedo de izquierda a derecha, esto les ayuda a incorporar ese movimiento visual para aprender a leer.
- Para ayudarles a aprender las palabras que no conocen podemos indicarles el sonido de algunas letras. Es recomendable referirse a las letras

tal como suenan y no tal como se dicen.
Es decir la "eme" será "m", no "eme".

- Podemos ir señalando las palabras destacadas en rojo para que se familiaricen con ellas y las integren en su vocabulario. Según vaya incrementándose su confianza, es conveniente hacer una pausa en las palabras destacadas para que las pronuncien sin ayuda.

- Luego podremos volver a practicar estas palabras usando la lista que se encuentra al final del libro.

Poco a poco los pequeños lectores se sentirán preparados para enfrentarse a la lectura de todo el libro sin ayuda. Incluso se atreverán a inventarse sus propias historias de monstruos. ¡Imaginación al poder!

Sally Rippin es una de las autoras infantiles más exitosas y apreciadas del mundo. Ha escrito más de cincuenta libros para niños y jóvenes, y ha obtenido numerosos premios por su escritura. Sus libros más conocidos son *Billie B Brown*, *Hey Jack!* y las series Polly y Buster. A Sally le gusta mucho escribir historias emotivas, así como personajes con los que se identifiquen tanto niños como padres y maestros.

WWW.SCHOOLOFMONSTERS.COM

CÓMO DIBUJAR A YAGO

1. Usando un lapicero, comienza con dos círculos para los ojos y sus cejas pobladas. Dibuja una línea con dos bultitos para la nariz.

2. Dibuja una boca sonriente, los agujeros de la nariz y una cabeza larga y redondeada.

3. Añade una boca abierta, el cuello en forma de V y un recuadro como camiseta.

4. Dibuja las dos mangas y los pantalones cortos.

5 Ahora dibuja los brazos, la cola y sus dos patas.

6 ¡Es el momento de los detalles finales! Dibuja líneas en la camiseta, los cuernecitos en la cabeza y algunos detalles en la cola y pezuñas. ¡No te olvides de los dos dientes frontales!

Chris Kennett lleva dibujando desde que es capaz de sostener un lápiz (o eso dice su madre). Profesionalmente, Chris ha estado dibujando personajes extravagantes durante los últimos veinte años. Es muy conocido por dibujar las criaturas extrañas y maravillosas de la saga de Star Wars, pero también le encanta dibujar monstruos tiernos y adorables, ¡y espera que tú también lo hagas!

¿HAS LEÍDO TODOS LOS LIBROS DE LA COLECCIÓN?

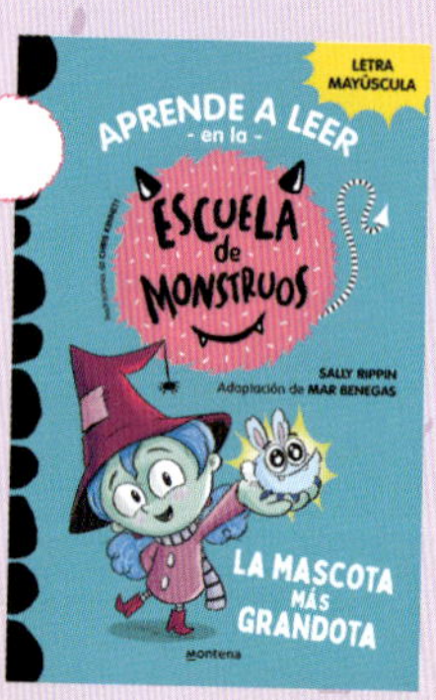

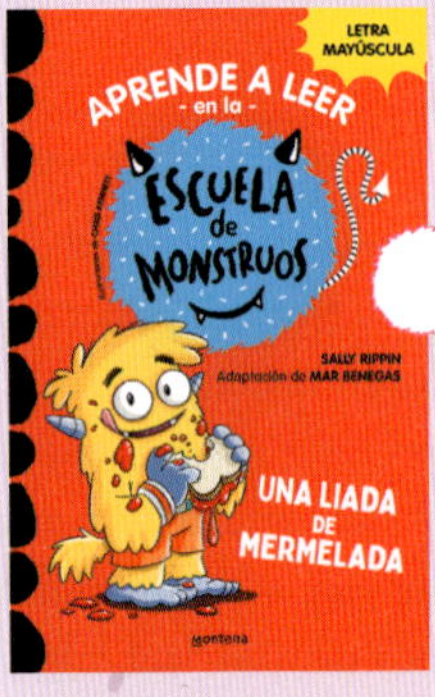

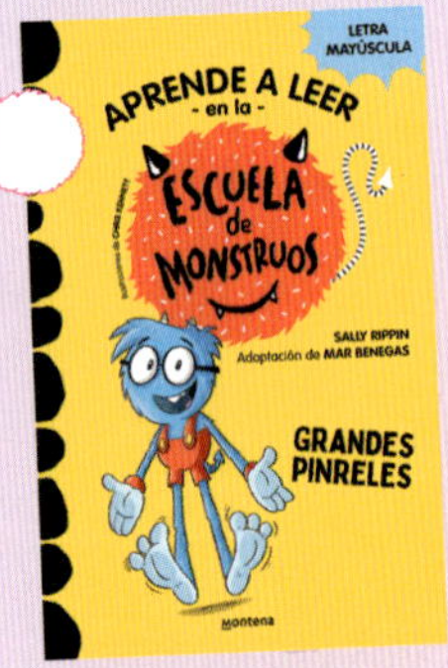

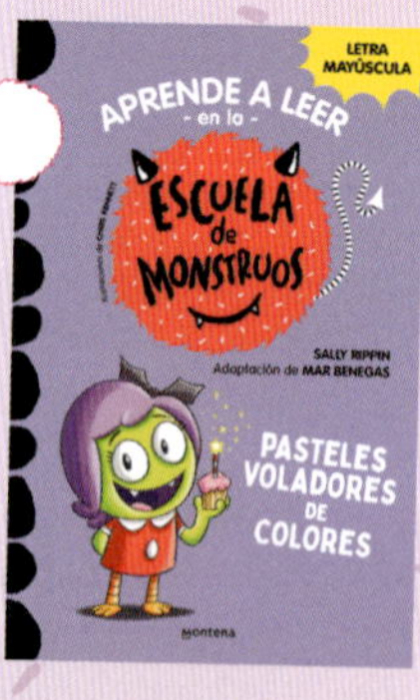

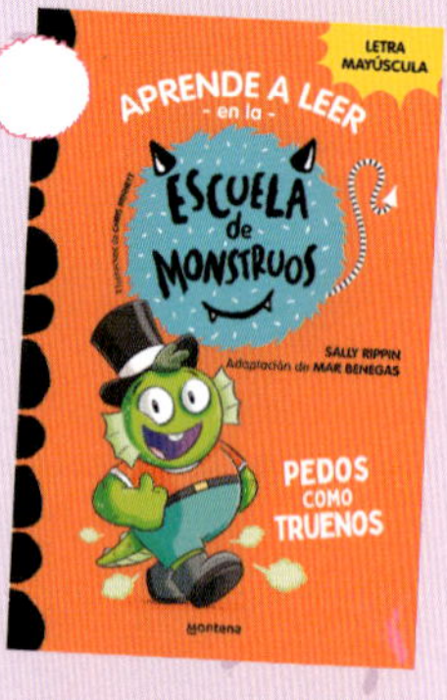

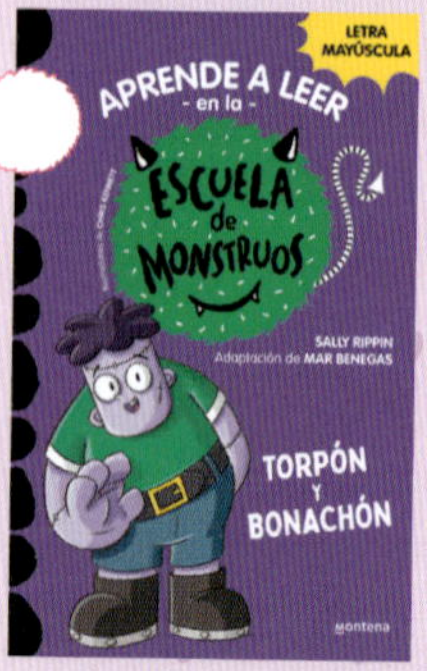

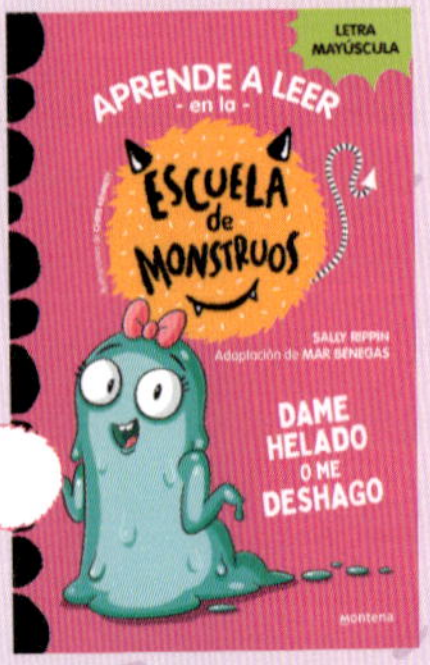

LETRA MAYÚSCULA
APRENDE A LEER
- en la -
ESCUELA de MONSTRUOS
SALLY RIPPIN
Adaptación de MAR BENEGAS
PRIMER DÍA, ¡QUÉ ALEGRÍA!
montena

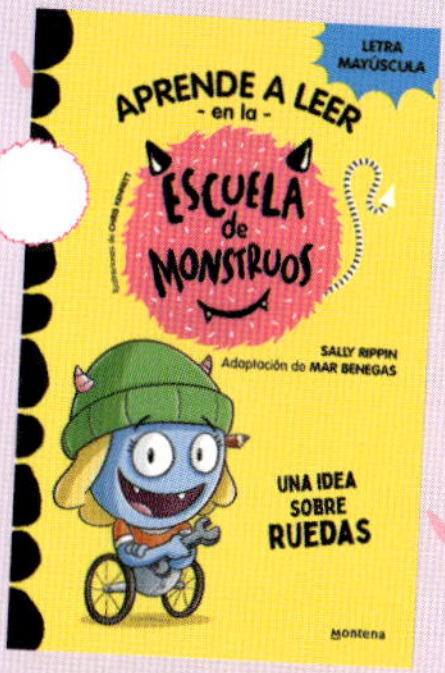
LETRA MAYÚSCULA
APRENDE A LEER
- en la -
ESCUELA de MONSTRUOS
SALLY RIPPIN
Adaptación de MAR BENEGAS
UNA IDEA SOBRE RUEDAS
montena

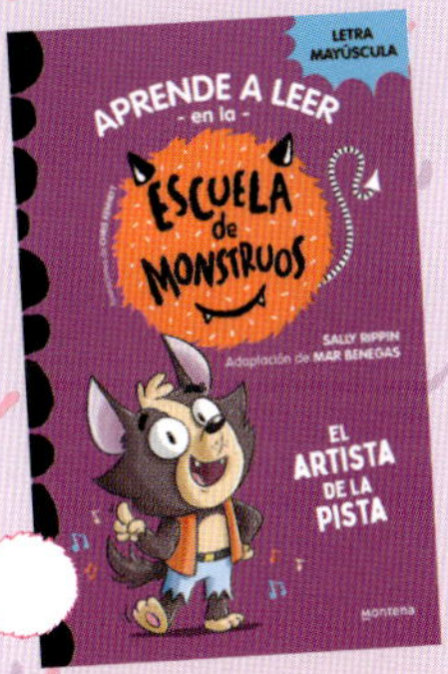
LETRA MAYÚSCULA
APRENDE A LEER
- en la -
ESCUELA de MONSTRUOS
SALLY RIPPIN
Adaptación de MAR BENEGAS
EL ARTISTA DE LA PISTA
montena

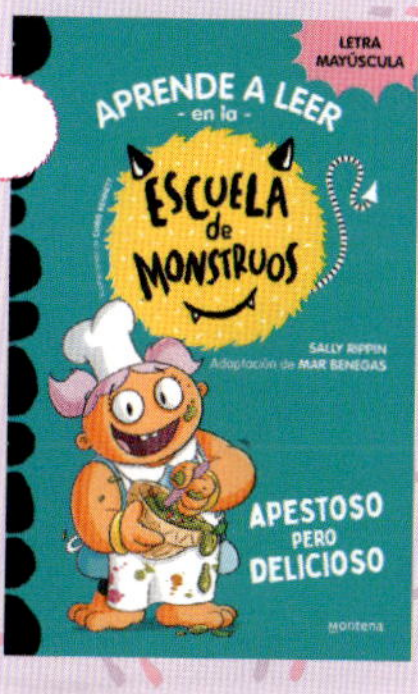
LETRA MAYÚSCULA
APRENDE A LEER
- en la -
ESCUELA de MONSTRUOS
SALLY RIPPIN
Adaptación de MAR BENEGAS
APESTOSO PERO DELICIOSO
montena

LETRA MAYÚSCULA
APRENDE A LEER
- en la -
ESCUELA de MONSTRUOS
SALLY RIPPIN
Adaptación de MAR BENEGAS
CUIDADO CUANDO ME ENFADO
montena

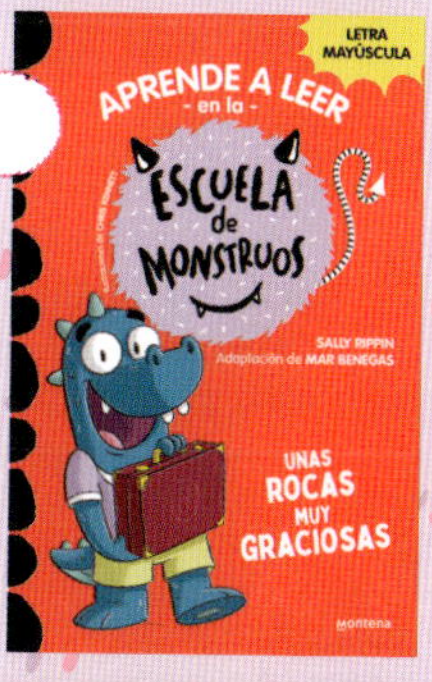
LETRA MAYÚSCULA
APRENDE A LEER
- en la -
ESCUELA de MONSTRUOS
SALLY RIPPIN
Adaptación de MAR BENEGAS
UNAS ROCAS MUY GRACIOSAS
montena

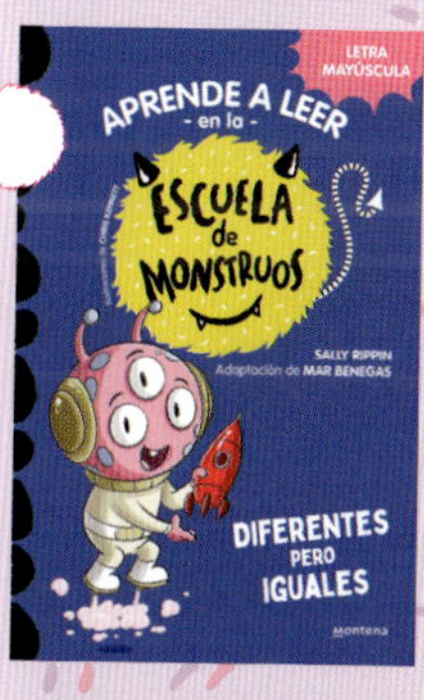
LETRA MAYÚSCULA
APRENDE A LEER
- en la -
ESCUELA de MONSTRUOS
SALLY RIPPIN
Adaptación de MAR BENEGAS
DIFERENTES PERO IGUALES
montena

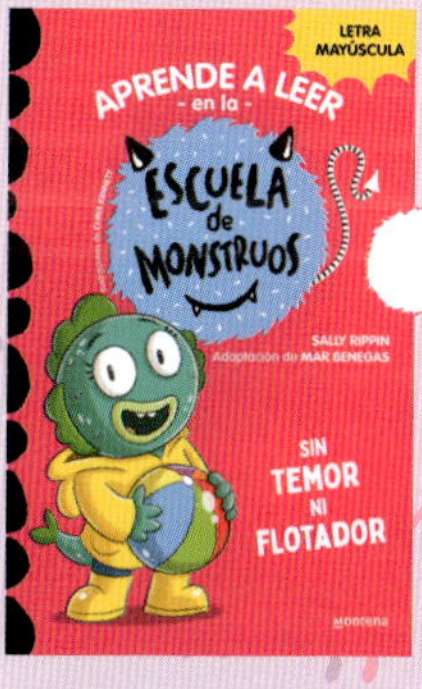
LETRA MAYÚSCULA
APRENDE A LEER
- en la -
ESCUELA de MONSTRUOS
SALLY RIPPIN
Adaptación de MAR BENEGAS
SIN TEMOR NI FLOTADOR
montena

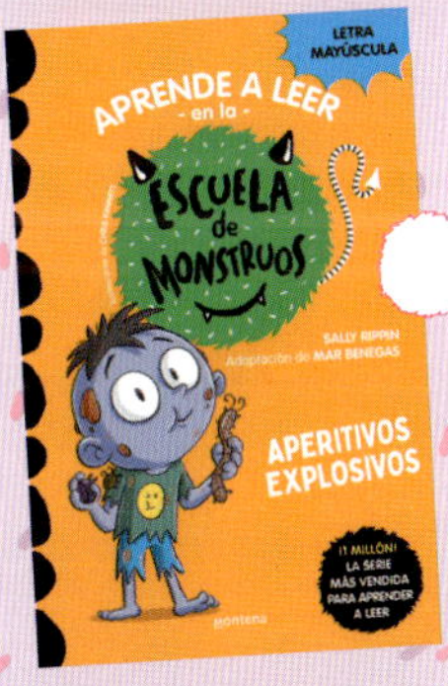
LETRA MAYÚSCULA
APRENDE A LEER
- en la -
ESCUELA de MONSTRUOS
SALLY RIPPIN
Adaptación de MAR BENEGAS
APERITIVOS EXPLOSIVOS
¡1 MILLÓN! LA SERIE MÁS VENDIDA PARA APRENDER A LEER
montena

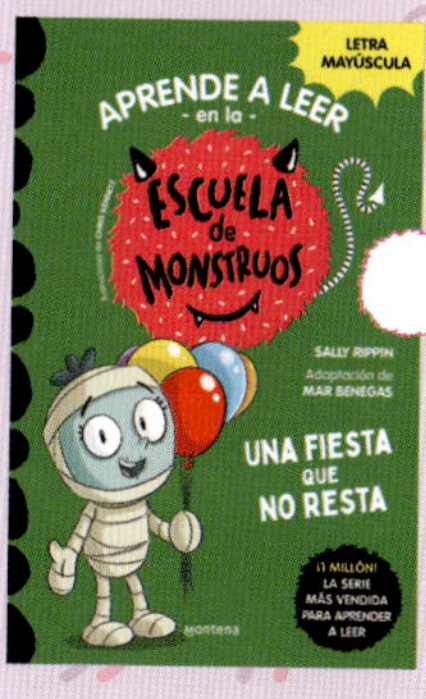
LETRA MAYÚSCULA
APRENDE A LEER
- en la -
ESCUELA de MONSTRUOS
SALLY RIPPIN
Adaptación de MAR BENEGAS
UNA FIESTA QUE NO RESTA
¡1 MILLÓN! LA SERIE MÁS VENDIDA PARA APRENDER A LEER
montena

LETRA MAYÚSCULA
APRENDE A LEER
- en la -
ESCUELA de MONSTRUOS
SALLY RIPPIN
Adaptación de MAR BENEGAS
ESQUELÉTICO PERO FRENÉTICO
¡1 MILLÓN! LA SERIE MÁS VENDIDA PARA APRENDER A LEER
montena

LETRA MAYÚSCULA
APRENDE A LEER
- en la -
ESCUELA de MONSTRUOS
SALLY RIPPIN
Adaptación de MAR BENEGAS
AL RESCATE, ¡CON CORAJE!
¡1 MILLÓN! LA SERIE MÁS VENDIDA PARA APRENDER A LEER
montena

Papel certificado por
el Forest Stewardship Council®

MIXTO
Papel | Apoyando la silvicultura responsable
FSC® C117695

Penguin Random House Grupo Editorial

Título original: *Dom's Special Things*

Primera edición: septiembre de 2024
Tercera reimpresión: noviembre de 2025

Printed in Spain – Impreso en España

ISBN: 978-84-19650-99-3
Depósito legal: B-10.316-2024

Compuesto por: Marc Cubillas
Impreso en Soler Talleres Gráficos
Esplugues de Llobregat (Barcelona)

GT 5 0 9 9 3